中国文学名家精品

*Liudabai Shige Jingpin*

# 刘大白诗歌精品

刘大白 著　李丹丹 主编

北方妇女儿童出版社

**图书在版编目(CIP)数据**

刘大白诗歌精品/刘大白著；李丹丹主编. —长
春：北方妇女儿童出版社，2015.1（2021.3重印）
　（中国文学名家精品）
　ISBN 978-7-5385-8150-8

　Ⅰ．①刘… Ⅱ．①刘… ②李… Ⅲ．①诗集－中国－
现代 Ⅳ．①I226

中国版本图书馆CIP数据核字（2015）第007516号

**刘大白诗歌精品**

LIU DA BAI SHI GE JING PIN

| | | |
|---|---|---|
| 出 版 人 | 刘　刚 | |
| 责任编辑 | 王天明 | |
| 开　　本 | 700mm×980mm　1/16 | |
| 印　　张 | 9 | |
| 字　　数 | 148 千字 | |
| 版　　次 | 2015 年 5 月第 1 版 | |
| 印　　次 | 2021 年 3 月第 3 次印刷 | |
| 印　　刷 | 固安县云鼎印刷有限公司 | |
| 出　　版 | 北方妇女儿童出版社 | |
| 发　　行 | 北方妇女儿童出版社 | |
| 地　　址 | 长春市福祉大路 5788 号 | |
| 电　　话 | 总编办：0431-81629600 | |

定　　价　26.80 元

# 前　言

　　习近平总书记在文艺座谈会上指出，繁荣文艺创作、推动文艺创新，必须要有大批德艺双馨的文艺名家。我国作家艺术家应该成为时代风气的先觉者、先行者、先倡者，要通过更多有筋骨、有道德、有温度的文艺作品，书写和记录人民的伟大实践、时代的进步要求，彰显信仰之美、崇高之美。

　　是的，当历史跨入21世纪的新时代，我们党发出了实现中国梦的伟大号召，掀起了轰轰烈烈的复兴中国文化的运动。这就要求我们站在时代的前沿，薪火相传，一脉相承，弘扬中国有史以来优秀的、光明的、先进的、科学的、文明的文化，融合古今中外一切文化精华，构建具有中国特色的现代民族文化，向世界和未来展示中华民族的文化力量、文化价值与文化风采。

　　就文学创作而言，就是广大作家要接过近现代中国文学名家传递的笔墨圣火，照亮时代的道路，创造文学的繁荣；广大读者则应吸收近现代中国文学的精神力量，认识过去的时代，投身当代的建设。总之，中国的复兴需要大家添光加彩！

　　回首上世纪初，中国掀起了伟大的反帝反封建的民族解放运动，广大作家以此为崇高历史使命，把文字作为投枪匕首，走在时代最前列，创作了大量优秀的文学作品，发出了代表时代最强音的呐喊，振聋发聩，唤醒广大人民群众，开创了新文化运动，创造了现代文学。

　　中国现代文学是指用现代文学语言与文学形式，表达中国现代思想、感情、心理的文学，是在"五四"新文化运动影响下，广泛接受外国文学影响而形成的新兴文学，产生了极大的历史推动作用。

在新文化运动推动下，广大作家汲取中外文学营养，形成了新的文学形态。他们不仅用白话语言表现现代科学民主思想，而且在艺术形式与表现手法上对传统文学进行深入革新，创建了新的文学体裁。在叙述角度、抒情方式、描写手段以及结构组成等方面，都有全新创造，极具现代特色，成为真正现代意义上的文学。

中国现代文学的主流是人民的文学，广大作家深入火热的战斗生活中，极大加强了文学与民众的结合，文学与进步的社会思潮及民族解放、革命运动的自觉联系，这构成了中国现代文学的基本历史特征与传统。此时的文学，以表现普通民众生活、改造国民性格和社会人生为根本任务。

中国现代文学早期的发展，是在广大作家吸取外来文学营养使之民族化并继承民族传统使之现代化的过程中奠定基础的。对于如何正确对待传统文化与西方外来文化的问题，他们打破了抱残守缺的国粹主义思想，进行了彻底革新，曾对西方各个历史时期的文艺思潮、文学流派，包括各种文学形式、表现手法等，进行了全面介绍与广泛吸收，同时对我国传统文学遗产也进行了重新评价。这对促进思想与艺术的解放，促进文学的现代化，起到了重要作用，从而形成了现代文学的繁荣局面，促进了广大民众的觉醒。

接过20世纪中国文学作家的思想圣火，实现新时代民族文化复兴的中国梦，这是广大作家和读者义不容辞的神圣职责。为此，我们从诗歌、散文、小说三大文学体裁着手，特别编辑了这套《中国文学名家精品》，精选了许多文学名家的精品力作，代表了中国20世纪文学的高度，具有极强的权威性、可读性和艺术性。

这些文学名家，都是中国20世纪现代文学的开拓者和各种文学形式的集大成者，他们的作品来源于他们生活的时代，是那个时代社会生活的缩影，包含了作家本人对社会、生活的体验与思考，影响着社会的发展进程，具有永恒的魅力。他们是我们心灵的工程师，能够指导我们的人生发展，对于复兴中国文化具有深远的启迪作用。

# 作者简介

刘大白（1880—1932）原名金庆棪，辛亥革命后改姓刘，名靖裔，字伯贞，别号白屋。浙江绍兴人。现代著名诗人，文学史家。他在"五四运动"前就开始写白话诗，是新诗倡导者之一。他的诗主要描写民众疾苦，体现了新诗由旧诗蜕化而来的特点，感情浓烈，语言明快，通俗易懂，触及重大的社会课题和鲜明的乡土色彩，在"五四"时期的诗坛上别具一格，影响巨大。

刘大白出生在浙江会稽山明水秀的桃源之乡。1895年，刘大白第一次离开家乡，赴杭州考科举，考中优贡生。

刘大白成年后，任绍兴师范学堂和山会小学教员。1910年2月，他结束了故乡看云听水的生活和学堂教书生涯，到北京谋职。但是，他在北京没有谋到职务，又乘船回到绍兴，参与编辑《绍兴公报》。

1913年，刘大白东渡日本，他在日本东京期间加入了"同盟会"。1915年，他公开发表反对卖国的二十一条条约的文章，受到日本警视厅监视，他又不得不离开东京，转赴南洋，先后到新加坡、苏门答腊等地，在这些地方应当地华侨学校聘请，教授国文。

1916年6月，刘大白从南洋回国，定居在杭州，在《杭州报》任职。1920年6月，他从杭州回绍兴之后，往返于杭州、萧山、绍兴等地，先后在崇文、安定、春晖等中学任教。

在1921年至1922年这两年中，刘大白写了许多新诗和随感发表。他的新诗中有不少是涉及底层劳动人民的痛苦生活，在当时影响很大。

1924年，刘大白加入了以著名诗人柳亚子为首的新南社，同年，他加入文学研究会上海分会。同年3月，他的第一部诗集《旧梦》出版，共收597首诗，列入"文学研究会丛书"之一。

这是刘大白在1919年至1922年新诗创作全盛时期的作品，在他的新诗集中，基本上有三种类型的诗，一种是抒情诗，还有一种是说理诗，再有是具有平民思想的诗。

1924年2月底，刘大白从杭州到上海，受聘于上海复旦大学，任大学部文科教授。后又受聘于上海大学，教中国文学。他在复旦大学和上海大学任教后，开始将较多精力放在学术研究上。

刘大白在复旦大学任教期间，负责编辑《黎明》周刊，他在该刊上发表了大量政论性文章，评论社会，切中时弊，在校内和社会上产生了一定影响。

1926年12月，刘大白另一本新诗集《邮吻》出版，被列入"黎明社丛书"之一。该书共收作者1923年5月至1926年5月三年中写的100首诗。

1928年1月，刘大白辞去复旦大学职务，随即赴杭州任浙江大学秘书长之职。1929年8月，他出任国民政府教育部常任次长，同年12月辞去此职。这年他出版了多部著作，他编写的《五十世纪中国历年表》出版，是一部很重要的工具书。

刘大白不但是位创作丰盛的诗人，他在文学评论方面也有超乎一般见解之上的深刻精辟的思想，他著有《白屋文话》《旧诗新话》《白屋说诗》等谈诗论文的集子。他对文学遗产进行了比较全面的认识，评价得十分公允。他对古人留下的文学遗产，既不一笔抹煞，也不是盲目崇拜，而是取其精华，弃其糟粕。正是由于他有这个基础，所以他的旧体诗和新诗，都极少用粉饰之字，没有镂金错采和敷衍成章，表现了他对中国文学的深厚造诣。

刘大白
诗歌精品
【目录】

## 第三辑

刘大白

诗歌精品

【目录】

刘大白 诗歌精品

【第一辑】

# 卖布谣之群十首

## 劳动节歌

### 一

世界，世界，
谁能创造世界？——
不是耶和华，
只是劳动者。
世界，世界，
劳动者底世界！

### 二

劳动者，劳动者，
谁能管辖劳动者？——
劳动者没有国家，

劳动者只有世界。

劳动者，劳动者。

世界的劳动者！

三

劳动节，劳动节，

谁能纪念劳动节？——

除开政府资本家，

不分国界种族界。

劳动节，劳动节，

世界的劳动节，

世界的劳动者底劳动节！

一九二一，四，三〇，在萧山

## 八点钟歌

一

工作八点钟，

有的农，

有的工。

耕耕种种，

织织缝缝，

筑成基础，

架起梁栋；

吃的穿的住的，互相供奉，

一件也不曾白享用。

好！工作八点钟！

不是工作八点钟，

怎能减少劳动者底苦痛？

## 二

教育八点钟，

科学懂，

事理通。

疗治愚蒙，

开拓心胸，

本能发展，

知识扩充，

向黑暗里把光明输送，

才觉得前途希望无穷。

好！教育八点钟！

不是教育八点钟，

怎能觉悟劳动者底苦痛？

## 三

休息八点钟，

睡意浓，

鼾声重。

四肢舒纵，

双眼蒙眬，

一天栗碌，

一觉从容。

就做个把快活安闲的梦，

也教人精神爽骨节松。

好！休息八点钟！

不是休息八点钟，

怎能慰藉劳动者底苦痛？

一九二一，四，三〇，在萧山

# 五一运动歌

## 一

五一运动，五一运动，

劳动者第一成功。

虽则成功，

也难免几回飞溅血花红！

断头台上。

枪弹丛中，

有多少牺牲者曾经断送！

五一运动，

悲壮啊！成功底历史多么惨痛！

五一运动，

光荣啊！成功底代价多么珍重！

## 二

五一运动，五一运动。

劳动者第一成功。

美也成功；

欧也成功；

只有特殊的亚东，

还脱不了资本家底牢笼，

瞧不见世界的劳动潮流涌！

五一运动，

醒来啊！支那人底清梦！

五一运动，

起来啊！支那劳动者底奋勇！

一九二一，四，三〇，在萧山

# 金 钱

肩也不担，

腿也不赶，

手也不起茧，

额也不流汗；

尘土也不粘，

烟煤也不染，

锤钻针线锄铲，

也不曾拿一件，

居然穿得温暖，——而且绫罗绸缎，

　吃得香甜，——而且油腻肥鲜，

　住得安全，——而且楼台庭院。

羞惭也羞惭！

白住白吃白穿！

　　　　·

　"'将钱买过，

　并无罪过'，

　你不见穿吃住的代价是金钱？"

哦！哪儿来的金钱？——

还不是劳工们血汗底结晶片！

　　　　　　　　一九二一，三，二七，在杭州

## 卖布谣（一）

嫂嫂织布，

哥哥卖布。

卖布买米，

有饭落肚。

·

嫂嫂织布，

哥哥卖布。

弟弟裤破，

没布补裤。

·

嫂嫂织布，

哥哥卖布。

是谁买布，

前村财主。

·

土布粗，

洋布细。

洋布便宜，

财主欢喜。

土布没人要，

饿倒哥哥嫂嫂！


一九二〇，五，三一，在杭州


## 卖布谣(二)


布机轧轧，

雄鸡哑哑。

布长夜短，

心乱如麻。

·

四更落机，

五更赶路；

空肚出门，

上城卖布。

·

上城卖布，

城门难过；

放过洋货，

捺住土货。

·

没钱完捐，

夺布充公。

夺布犹可，

押人大凶！

　　"饶我饶我！"

　　"拘留所里坐坐！"

一九二〇，五，三一，在杭州

## 收成好

收成好，收成好，

爸爸妈妈开口笑：

　　"前年水荒去年旱，

　　可怜租也还不了！

　　今年晴雨多调匀，

　　也许多收几担稻；

旧欠新租一扫清，

全家还够一年饱；

不但全家饱一年，

有余更上行家枭，

听说今年米价贵。

枭得钱多好运道！”

爸爸说，妈妈笑；

阿二跟著跳：

"枭得钱多好运道

给我做件新棉袄!"

爸爸头一摇；

妈妈轻轻叫：

"阿二来，

别胡闹!

果然钱多好运道，

也不用你开口讨，

别说新棉袄，

就是新裤新鞋新袜新毡帽，

也许给你做一套。

但是虽说收成好，

毕竟如今难预料。

好孩子，别胡闹!

吃饱饭，快睡觉!

明朝起得格外早，

早早去割饲牛草!"

·

"天天只吃一堆草，

老牛耕田耕到老；

阿二天天割牛草，

一件棉袄想不到！

收成好，收成好，

一件棉袄想不到！”

一九二一，二，二七，在杭州

## 田主来

一声田主来，

爸爸眉头皱不开。

一声田主到，

妈妈心头毕剥跳。

爸爸忙扫地，

妈妈忙上灶：

"米在桶，酒在坛，

鱼在盆，肉在篮；

照例要租鸡，

没有怎么办？——

本来预备两只鸡，

一只被贼偷；一只遭狗咬；

另买又没钱，真真不得了！——

阿二来！

和你商量好不好？

外婆给你那只老婆鸡，

养到三年也太老，

不如借给我，

明年还你一只雄鸡能报晓！”

妈妈泪一揩，
阿二唇一跷：

"譬如贼偷和狗咬，
凭他楦得大肚饱。
别说甚么借和还，
雄鸡雌鸡都不要。
勤的饿，惰的饱，
世间哪里有公道！
辛苦种得一年田，
田主偏来当债讨。
大斗重秤十足一，
额外浮收还说少。
更添阿二一只鸡，
也不值得再计较！
贼是暗地偷；狗是背地咬；
都是乘人不见到。
怎像田主凶得很，
明吞面抢真强盗！"
妈妈手乱摇：

"阿二别懊恼！
小心田主听见了，
明年田脚(注)都难保！"

(注)绍兴田户除向田主赁田播种外，另有所谓"田
脚"的，由田户自相买卖。但田主也有权硬行收买"田
脚"，不准他再种这田，叫做"起田脚"。

一九二一，二，二八，在杭州

# 雪门槛（注）

雪门槛，雪门槛，

车轮碾过突突颤，

车轮颤，车夫叹，

车重如山拉不转；

车轮生角地生棱，

棱角重重走不成。

· 

走不成，车客怨，

"快拉""快拉"连声喊，

车客连声喊，车夫满身汗。

车子到门客落车，

北风鼓得空车满，

热汗吹成冷汗流，

车轮不颤车夫颤！

（注）积雪成棱，车夫呼作雪门槛。

一九二二，一，一八，在杭州

## "每饭不忘"

饭碗端起，

我就记起——

他，

他姓李！

·

饭碗端起，

我就记起——

他，

他死在萧山县监狱里！

·

饭碗端起，

我就记起——

他，

他是中国农民牺牲者第一！

·

饭碗端起，

我就记起——

"其余没有人了吗？"

难道中国农民全都跟著他断了气！

一九二二，二，二六，在杭州

# 新禽言之群十二首

## 挂挂红灯（一）

挂挂红灯！
挂挂红灯！
快快天晴！
快快天晴！
再不天晴，
水没田塍，
田塍水没，
没得收成。

·

收成没得，
饿煞妻小。

饿煞犹可，

只怕田主逼讨！

一九二一，六，五，在萧山

## 挂挂红灯（二）

挂挂红灯！

挂挂红灯！

我要光明！

我要光明！

红灯当面，

照我眼睛；

红灯当头，

照我心灵。

·

可惜红灯，

不能长照。

若要永久光明，

除非不断地创造！

一九二一，六，五，在萧山

## 渴杀苦

渴杀苦，渴杀苦！

田干稻枯，田干稻枯！

渴杀稻田，苦杀农夫！

脚踏桔槔，心如辘轳；

心焦力乏，汗下如雨。

身上有雨，天上偏无；

怎得天上雨点，也同身上汗点一样粗？

渴杀苦，渴杀苦，

渴杀稻田，苦杀农夫！

回头看田主，高堂大厦，闲坐等收租！

一九二一，六，一○，在杭州

## 布 谷

布谷！布谷！

朝催夜促。

春天不布，秋天不熟。

·

布谷！市谷！

朝求夜祝。

春布一升，秋收十斛。

·

布谷！布谷！

朝忙夜碌。

农夫忙碌，田主福禄。

田主吃肉，农夫吃粥。

一九二一，六，一二，在杭州

## 割麦插禾

割麦插禾，割麦插禾！
插麦不少，割麦不多！
插禾虽多，割禾如何？

·

割麦插禾，割麦插禾！
割麦不多，急煞婆婆：
磨面不满箩，
烙饼不满锅。

·

割麦插禾，割麦插禾！
割禾如何，愁煞哥哥：
不愁自家肚子饿；
只愁田租还不过。

一九二一，六，五，在杭州

## 脱却布裤

脱却布裤，脱却布裤，
不脱布裤，汗流双股；
脱却布裤，双股泥污。
种田苦，种田苦！

·

脱却布裤，脱却布裤！
田租不清，田主不许；
脱裤当钱，补还田主。

还租苦，还租苦！

一九二一，六，一七，在杭州

## 驾 犁

驾犁，驾犁！

老牛晦气！

带水拖泥，犁重难移；

犁重难移，鞭长难避；

打落牛毛，擦破牛皮！

·

驾犁，驾犁！

老农呆气！

拉牛耕田，力尽筋疲。

稻熟租清，卖牛买米；

吃饱田主，饿煞自己！

一九二一，六，一九，在杭州

## 各各作工

各各作工，各各作工！

谁该辛苦，谁该闲空？

通力合作，供给大众；

各尽所能，各各劳动！

·

各各作工，各各作工！

谁该富有，谁该困穷？

大家努力，生产归公；

各取所需，各各享用！

·

各各作工，各各作工！

甚么财东，甚么雇佣，

一样的人，阶级重重！

无人不工，何日成功？

一九二一，六，二〇，在杭州

## 泥滑滑（一）

泥滑滑，泥滑滑！

田塍路，滑踢圆！

你草鞋，我赤脚，

放心走，随意踏。

缎鞋皮鞋来，滑煞！

一九二一，六，二三，在杭州

## 泥滑滑（二）

泥滑滑，泥滑滑！

泥若不滑，秧也难插；

插不得秧，活活饿煞！

果然农夫都饿煞，田主怎地活法？

泥滑滑，活菩萨！

一九二一，七，一〇，在杭州

# 割麦过荒

割麦过荒，割麦过荒！
秋收不好，春末无粮；
斗米千钱，米贵非常！
没钱籴米，割麦过荒！

·

割麦过荒，割麦过荒！
欠租旧约，麦熟清偿；
未到麦熟，胜饿难当！
剜肉补疮，割麦过荒！

·

割麦过荒，割麦过荒！
去年割稻，空忙一场；
今年割麦，一样空忙！
说甚割麦过荒，
农夫空肚，田主满仓！


一九二一，七，八，在杭州

# 著新脱故

著新脱故，著新脱故！
新衣不久藏，故衣不再补。
千丝万缕，千辛万苦；
谁织谁缝？工男工女。

·

著新脱故，著新脱故！

新衣爱如花，故衣憎如土。

喜新厌故，不曾一顾；

工男工女，满身褴褛！

一九二一，七，一三，在杭州

# 盼 月

我天天盼月华!

我天天盼月华!

不盼甚么琼楼玉宇,

不盼甚么仙兔灵蟾,

总为你比日虽幽,

　　　比星却朗,

光明还大!

·

挨过了黑懵腾的月尽夜;

到初三才像个钩儿挂;

到十三算像个球儿赛;

到廿三又像个弓儿卸,

你怎圆得这么难,

　　　缺得这么快?

真美满的光明没几时，

长教我心儿怕……怕也！

·

咳，这还怪我底因循苟且，

　　　真也难怪你呵！

要光明怎靠人家，

我自家造一盏长明的灯儿来代你吧！

　　　　　一九一九，六，一九，在杭州

# 救 命

一个活跳的人，

掉下在一眼深深的井。

井里面又黑暗，

　　又潮湿，

　　又冰冷。

跳是跳不出，

活也活不成，

没奈何大声地喊"救命！"


旁人听了他"救命"的喊声，

赶紧地挂下一条长绳，

叫他双手牵著绳头儿上升！

　　"喂，朋友！

　　你要活命，

你要自己起劲！"

呼！呼！！呼！！！抽……
抽了一个空。
不知是他底手儿不动，
还是牵得太松？
　"喂，朋友！
　你要是不起劲呵……
　单靠著我底起劲，
　一点儿也不中用！"

一九一九，八，一，在杭州

## 雪

雪！

你下来做甚么？

你个是说：

　"这世界太黑暗了，

　我下来给它明白点"吗？

哼，凭你装得很像，

无非是表面的幌子，

　　暂时的现状！

等到那真正的光明一放，

你底惰性发作了，

　一霎时现了流水底原形，

还不是和没有下来一样！

　　　　　　一九一九，一二，二五，在杭州

# 月　夜

薄薄的一片纱也似的轻云，

松松地笼著一颗珠也似的明月。

她怎地懒懒地羞也似的不出来，

抛撇了她管领的悄悄地睡也似的静夜？

远远地隐隐约约呜呜咽咽地乙……五……合……乙

……

一缕洞箫声，

一抑一扬一扬一抑地被阴云压下了，

吹不破郁幽杳霭的黄昏。

分付它莫留恋著楼头栏底，

好烦那拂拂的微风扶起，

反反复复地飞上云端，

捧出那珠也似的明月，

仿佛和她接吻！

月也不羞了，

夜也醒了，

云也没意思了，

箫也不作声了；

只有那拂拂的微风，

还在那儿鼓舞那水底的云影月影。

一九二〇，六，一，在杭州

# 问西风

西风，

你送了些凉来，

赶了些暑去，

你底事算完了吗？


窗前这许多落叶，

原都是你作践的。

作践下来也罢了，

怎还把它洗洗沙沙切切壳壳地乱转著玩？


梁间的一双燕子，

已经行色匆匆了。

留它俩不住，

你打算送它俩到甚么地方？

你可能领会我底密意，

飞到菊花底魂那儿，

告诉她，

"早点儿放"？


墙阴石罅，

唧唧……唧唧唧……咽断凉露的虫声，

云端月下，

刚啊……刚啊……叫破长空的雁声：

你怎地都送到我枕上来？


你去年来的时候，

给捎了场病来，

一年来累得我好苦！

如今你又来了，

不该仍给捎了去吗？

一九二〇，八，一四，在杭州

# 爱

如其你愿长住在我底爱里，
我用我满心的爱底神光，笼罩著你。
吾爱，你只在我底爱里，你只受我底笼罩！
我心里的密眼，看你浴著光波舞蹈。

如其你愿长住在我底爱里，
我用我满心的爱底妙乐，供养著你。
吾爱，你只在我底爱里，你只受我底供养！
我心里的密耳，听你和著乐声歌唱。

如其你愿长住在我底爱里，
我用我满心的爱底鲜花，拥护著你。
吾爱，你只在我底爱里，你只受我底拥护！
我心里的密鼻，闻你含著花香吞吐。

如其你愿长住在我底爱里，

我用我满心的爱底灵泉，沾润著你。

吾爱，你只在我底爱里，你只受我底沾润！

我心里的密舌，和你漱著泉珠交吻。

如其你愿长住在我底爱里，

我用我满心的爱底醇酒，醺醉著你。

吾爱，你只在我底爱里，你只受我底醺醉！

我心里的密身，伴你拥著酒云齐睡。

如其你愿长住在我底爱里，

我用我满心的爱底迅电，摄引著你。

吾爱，你只在我底爱里，你只受我底摄引！

我心里的密意，和你感著电流互印。

倘使你不愿呢，

吾爱，凭你蹂躏了我底心，我不能粉碎了我底爱。

——

我就粉碎了我底爱，这粉碎了的，还是永远和宇宙

同在。

一九二〇，一〇，一，在杭州

# 心 印

过来啊，吾爱！

你试把你底眼，觑著我底胸！

我底心，画也似的在你底眼前挂著。

但越是不秘密的心画，也许越不是你底眼能见。


过来啊，吾爱！

你试把你底耳，贴著我底胸！

我底心，乐也似的在你底耳边奏著。

但越是不秘密的心乐，也许越不是你底耳能听。


过来啊，吾爱！

你试把你底鼻，嗅著我底胸！

我底心，香也似的在你底鼻端熏著。

但越是不秘密的心香，也许越不是你底鼻能闻。

过来啊，吾受！

你试把你底舌，舔著我底胸！

我底心，蜜也似的在你底舌尖抹著。

但越是不秘密的心蜜，也许越不是你底舌能尝。

过来啊，吾爱！

你试把你底身，偎著我底胸！

我底心，花也似的在你底身旁开著。

但越是不秘密的心花，也许越不是你底身能触。

告诉你，吾爱！

这不是你不能，这是你五根底不灵。

你别用你底眼耳鼻舌身呀！

你只用你底心！

告诉你，吾爱！

只有心和心，才能交罗地互印。

一九二〇，一〇，二，在杭州

# 丁宁（一）

一声去也，
又是一番郑重丁宁。
你那样的郑重丁宁，
要不是我底心，有谁能听？

我静静地敞著我底心，
翕受你那一声声的郑重丁宁。
我心里同时起了一声声的回声，
和你那郑重丁宁，一声声地相应。

我知道你也正静静地敞著你底心，
翕受我这一声声的郑重丁宁底回声。
你心里也一定同时起了一声声的回声底回声，
和我这郑重丁宁底回声。一声声地互证。

谁底丁宁？谁底回声？

几番往复，纷纷纭纭地交互得不分明。

分明，就只一个丁宁，起了无数的回声；

这无数的回声，就只两个镜也似的心灵里的重重影。


从这重重影里，

证明那两个心灵，就只一个心灵。

所以你那样的郑重丁宁，我这样的郑重丁宁底回声，

除是我和你底心，没谁能听！

一九二〇，一〇，一一，在杭州

# 丁宁（二）

听！听！！
丁宁！郑重丁宁！！
这是你心里的音乐，
琤琤玌玌的无弦的琴声。

听！听！！
丁宁！郑重丁宁！！
这是你心里的飞瀑，
琤琤玌玌的不滴的泉声。

听！听！！
丁宁！郑重丁宁！
谁拈著花，谁指著月，
作你那郑重丁宁底凭证？

听！听！！

丁宁！郑重丁宁！！

就拈著花，就指著月，

也作不了你那郑重丁宁底凭证。


一丁宁就无从证明，

越丁宁越无从证明。

分明，各有各的密证，

你也无庸郑重丁宁，我也无庸听！

一九二〇，一〇，一二，在杭州

# 秋深了

秋渐渐地深了！
我底病也渐渐地和秋同深了！
我很有不耐烦病的心，
病难道没有不耐烦我的心吗？

忙作成我底病；
病作成我底闲；
闲作成我底懒；
懒作成我底静。

静是病底结果；
静又是病底转机。
只有一个静，
万病都能医。

怎地才是静呢？——

磨墨也似的渐渐地把病消磨了。

我不要不耐烦病，

病自然会不耐烦我了。


病不耐烦我了！

秋也不耐烦这个节序了！

秋渐渐地去了！

我底病也渐渐地和秋同去了！

一九二〇，一〇，一三，在杭州

# 月　蚀

要是月不爱我，

　　她为甚肯上枕头来，纵体投怀地和我接吻？

要是月真爱我，

　　她为甚才上枕头来，就一闪身儿向西遁？

要是月真不爱我，

　　她为甚几回抛撇，——又几回亲近？

也许她：

　　永伴著我也——怕身儿不稳；

　　永别了我也——又心儿不忍；

就那么万转千回，

　　教人爱，——又教人恨。

恨她也——

　　圆少缺时多，等得人焦闷；

爱她也——

一月一回圆，不是无凭准。

但今夜正在整圆的时候，

　　为甚躲入娘怀，把她底容光全隐？

莫不是无端地害起羞来，

　　怕教人细认？——

像她那焕发的容光，

　　就教人细认也不打紧。

也许她多事的阿娘，

　　怪她不十分拘谨；

蓦地里翻身拦住，

　　强将她严遮密禁；——

这小劫横遭，

　　她也逃不了这不自由的一瞬。

也许她爱和娘一晌温存，

　　做出那女孩儿底身分；

争自由也，

　　要阿娘悄悄地应承，默默地允；

撒娇痴倒在娘怀里，

　　也顾不得旁人说憨道蠢。

不管她羞也罢，劫也罢，娇痴也罢，

　　总觉她宛转缠绵，动人怜得很！

只一霎时容光如旧，

　　仍照彻一片爱她心，把恨她心消除尽。

但是她也许爱我，——也许不爱我，

　　毕竟是一个疑问。

　　　　　　　　　　一九二〇，一〇，二七，在杭州

# 黄　昏

青山一发，
斜阳一抹，
算值得凭栏一瞬。
这有限的斜阳，
一寸一寸地向西褪，
一寸一寸地和黄昏近。

斜阳，
你让黄昏来占领了这世界；
我却又来占领了这黄昏。
这秘密的黄昏，
一霎时吞了斜阳，
又一霎时吐了明月；
她虽没光明，

却仿佛怀著光明底妊。

明月还没吐，
斜阳已经吞了；
就这一霎时秘密的黄昏，
却也值得无人独自，一晌温存。

一九二〇，一一，二二，在杭州

# 姻缘——爱

　　"父母之命，媒妁之言"的旧式婚姻，当然没有祝贺讴歌的价值，但是社会底制度，不能立改；历史底成案，不能尽翻；人情底应酬，不能骤废；这也是现社会给我们的痛苦底一种。我底朋友某君，因为应酬的缘故，要我代做贺新婚的新诗，我再三构思，觉得实在无话可说；不得已，只有祝他们从东方式的"姻缘"，到西方式的"爱"吧！

　　　　一个老头子，

　　　　一手捡著簿，

　　　　一手牵著绳，

　　　　这是东方式的月下老人。

　　　　一个小娃子，

　　　　一手张著弓，

　　　　一手搭著箭；

这是西方式的爱神。

只是老头子底绳，
系住了你们俩底足，
算是姻缘注定了；
要待小娃子底箭，
射中了你们俩底心，
才发生那爱情底感应。

今儿以前，
不过服从了老头子管领的权威。
今儿以后，
好打算领略那小娃子作成的滋味。
小娃子说：
"姻缘——爱；
今儿办个交代。
老头子，多谢你给我造成了注射爱情的机会，
好请你'功成者退'！"

拉来老头子手上的绳，
借绷了小娃子手上的弓；
愿你们俩齐敞著怀，
欢迎那小娃子一箭当胸的命中！

一九二〇，一二，一七，在杭州

# 一样的鸡叫

乡村的鸡叫，
催人们起早；
城市的鸡叫，
催人们睡觉；
一样的鸡叫，
两样的功效。

作乐的人们，
要鸡叫得越迟越妙；
操劳的人们，
要鸡叫得越早越好；
一样的鸡叫，
两样的计较。

还有些精神衰弱的人们，

不论在城市，在乡村，

作乐操劳，

都没他底分。

只暮暮朝朝，

自寻烦恼；

晚上也睡不著觉；

早上也起不来早；

鸡叫底迟迟早早，

甚么都讲不到。

但觉得一样的鸡叫，

在他们却仿佛接到了

　　"生命又缩短一节了"的警告。


鸡儿高高地叫道：

　　"高高地叫，高高地叫，

　我叫惯了，只管高高地叫。

　甚么功效，

　甚么计较，

　甚么警告，

　各管各底感觉啊，

　我一概管不了！"


　　　　　　　　一九二一，一，二一，在上海

# 看牡丹底唐花

如此风劲霜严，
分明不是你开花的节序。
就不甘迟暮——
也何妨忍到春满人间，
让万紫千红，
一齐拥护？
为甚地不管叶秃枝枯，
要先期苞舒蕊吐？
太难堪了——
算赢得那看花人一声"何苦！"

牡丹说：

　　"我明知不合时宜；

　　就那些蜡梅水仙，

我也羞与她们为伍。

都是那无赖的园丁,

一味地朝烘夕焙,

教我再禁不住。

惭愧也我这花王,

到此也不由自主!"

咳,险啊;

你看这没主意的花王,

竟舍得身居炉火上——

就作成一瞬的繁华,

也难免一念的热中,

一生的贻误!

一九二一,一,二五,在上海

# 寂 寞

向空山独自登临，
上绝顶峰头小坐；
四顾无人，
是入山的寂寞。

乘长风，破万里浪。
任一叶孤舟掀播；
四顾无人，
是浮海的寂寞。

排空御气，天际孤飞，
只脚底烟云过；
四顾无人，
是航空的寂寞。

这些寂寞，

都因为四顾无人，

只剩了我一个；

但万人如海的市廛中，

又何曾有人，

肯伴著这无聊我？

一九二一，一，二七，在上海

# 一幅神秘的画图

心啊!
我把你放在哪儿——
最好是团圆的月里。

月啊!
我把你放在哪儿——
最好是缠绵的云里。

云啊!
我把你放在哪儿——
最好是轻空的水里。

水啊!
我把你放在哪儿——

最好是惺忪的眼里。

果然，心在月里，

　　月在云里，

　　云在水里，

　　水在眼里，

这画图多么神秘！

一幅神秘的画图，

从空中摄到眼底；

更从眼底映到心头，

添上了一个心坎上温存著的她，反射入团圆的月里。

心光和月光，

一齐照彻那她底剔透玲珑的心地。

一九二一，二，一二，在杭州

# 生和死底话

"死呀！
你能告诉我你那儿的秘密吗？
我明白了，
也许上你那儿来游历。"

"生呀！
我无庸把这儿的秘密告诉你；
因为你游历底程途，
毕竟要把我这儿作目的地。"

"死呀！
人都称你为有往无返的城，果然吗？
我想你也许是无上的乐园，
能教人乐而忘返。"

"生呀！

我果然是有往无返的城。

但是无上的乐园不是，

除你亲来经历，却也无从证明。"

一九二一，三，四，在杭州

## 春　雪

好容易抽了些芽，
　　　　开了些花。
算仗那一轮暖日，
　　　　几拂和风，
作成了少许的韶华，
把严冬景象阳春化。

谁料昨夜五更头，
霰子撒如沙，
雪花儿跟著一阵一阵地下。
暖日和风，
一齐放了寒假，
回了它底老家；
让寒飙卷将冻雨，

重来称霸。

把那些嫩怯怯的芽儿花儿，

重重地一顿打，

都给它蹂躏煞！


努力地抗它，

耐心地等它吧!

看明朝，铜钲似的太阳重向树头挂；

难道它还能盘据著镇压著，

强把那春光按捺？——

就让它一霎地把权拿，

可怜也不过这一霎；

到底有甚么可怕？


啊！可怕的却是那些株守著岭北山阴的，

甘心埋没在它底势力范围之下！


一九二一，三，七，在杭州

刘大白

【第二辑】

# 一丝丝的相思

一丝丝的烟，

一丝丝的雨，

纵纵横横斜斜正正地织成一幅新样的春愁。

电剪裁来，

风针刺去，

把相思绣出，更仗著一丝丝的纤柳。


这一幅打在春愁样上的相思稿子，

摄归眼底，

映到心头，

才上心头，

更攒上眉头，

把春愁重量压得眉头皱。

不但眉头，

这一丝丝的相思，

直把全身的骨头沁透。


如此刻骨相思？

不把它茧儿似的一丝丝地抽尽了，

怎教人禁受？

这抽出的一丝丝，

更麝也似的捣作尘尘，莲也似的拗成寸寸，

教它只剩些炉底寒灰，沟中残垢。

但这些寒灰残垢，

也难保不重化香泥，

栽培出一树最相思的红豆。


一九二一，三，一九，在杭州

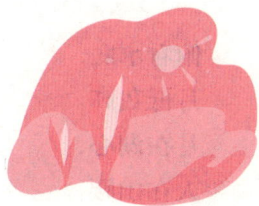

# 夜宿海日楼望月

仰看天上，
月高我低。
月在城东，
人在湖西。

俯看水底.
月低我高。
月在湖心，
人在山腰。

一人一月，
一天一水；
方位颠倒，
何来绝对。

一九二一，三，一九，在杭州

# 梦短疑夜长

刚睡了——就梦，

刚梦了——就醒，

刚醒了——又梦。

如此梦梦醒醒，醒醒梦梦，

不过一个黄昏，

早被梦儿堆得迭迭重重。

到三更五更，

不知更几度惺忪，

　　几回懵懂？

料这划作睡神领土的十二时，

只拼著让那一节节的梦儿，

挤得没有些儿空。

梦之神呵！

你为甚把梦儿划得恁短？

　"这不是我底梦短，

　这是夜之神尽扩张她底占领线。

　夜长了，才觉得梦短。——

　不信呵！尽你把夜间一秒一秒地去算！"


夜之神呵！

你为甚把夜间展得恁长？

　"这不是我底夜长，

　这是梦之神尽草创她底急就章。

　梦短了，才觉得夜长。——

　不信呵！尽你把梦儿一个一个地去量！"


梦短呢？夜长呢？

梦短了——疑夜长，夜长了——疑梦短呢？

这长长短短底争端，

也不是算算量量，

能得到准准确确的评判。

只有做梦的梦中清楚，

　　　　醒后迷濛，

半明不白地作主观的独断。


　　　　　　　一九二一，三，二〇，在杭州

# 一个她底话

两心不能一，
一情不能两。
我愿长相思，
愿你长相忘！
我若不相思，
我心里更将谁安放？
我愿生抱相思眠，
　　死抱相思葬！
你若不相忘，
你心里何处更将她供养？
愿你并把相忘忘，
别作相忘想！

一九二一，四，一五，在杭州

# 再　造

当群花齐放的时候，司春的神，在花丛中徘徊著。

忽听得低低的赞叹声道："好呀！灿烂的美满的花呀！"

司春的神，很满意地微笑道："这是我底创作呀！这是我选取自然之锦，用无痕之剪裁成，不离之胶粘住，万变之色染出，百和之香熏透的呀！"

但不一会儿，就有切切的怨声，从花间吐露道："谁锁著我们呀？飞了吧！"一瓣的花，翩翩地飞了。

司春的神，不觉心痛道："不听命的花瓣儿，你破坏了我底完全了！"但又没法儿招她回来，只是凄凄楚楚地悲泣著。

许多的花瓣儿，互相耳语道："飞是我们底自由呀！
　　春底完全，已经被破坏于飞了的一瓣了！我们何
　　苦依然牺牲了自由，维持这不可久的残局呀！爱
　　自由的，飞呀！"一瓣，两瓣，三瓣，……无数
　　瓣，纷纷地一齐都飞了。

司春的神醒悟道："飞是她们底自由呀！但是创作
　　也是我底自由，永久的完全，是不能有的；继续
　　的创作，是不可无的呀！自然之锦，是取之不竭
　　的；过一会儿，再造吧！"

风声，雨声，流水声，送尽了瓣瓣的落花。一群能
　　歌的鸟儿，在绿阴里唱著，慰勉那司春的神道：
　　"再造！再造！"

一九二一，五，六，在杭州

# 梦

为甚么在我这清虚的梦里，
突然现出壮丽的琼楼玉宇？
天外飞来似的，
你从你那被认为真实的尘境里移来居住。
你怎地弄些狡狯的神通，
刹那间庄严了我这梦底国土？

为甚么你不肯长站在我醒时的面前，
却爱常住在我梦中的眼底？
我是不惯独居的我，
你是易惹相思的你。
难道我相思底磁力场，
只限于梦底领域里？

假使我从我底相思里解放了你，

你试想你将怎样？

你将不能再在我梦里彷徨；

我也将回复了我那梦底空旷。

但你既不肯长站在我醒时的面前，

我怎肯把你从相思里解放？

一九二一，五，三一，在杭州

# 未知的星

一颗未知的星，
正循著未知的轨道游行；
环绕著未知的太阳，
反射出未知的光明。

假如这未知的星上，
也有些未知的人；
正窥著未知的望远镜，
推测那未知的天文。

那么，他知道了已知的，
一定还有知道未知的希望；
而且他也知道已知的有限，
未知的却是无量。

他也许望著天空，

在那儿悬想：

这无量的未知的星中，

有一颗像我们这儿一样。


于是他从未知的爱里，

放出未知的光；

经过无量的未知的空间，

到我们这一颗未知的星上。


一九二一，六，一，在杭州

# 钱塘江上的一瞬

空中，拂拂的风，
江上，鳞鳞的浪。
风行，浪动，
岸来，船往。
两岸南来船北往，
太阳西向人东向。

对著我的太阳，
从空中照向江上：
在风行浪动里，
现出闪闪的万点金光；
在岸来船往里，
电影似的跟著人眼帘平移过去，
显出一幅宇宙底迁流相。

从这迁流相里，

截取它底一断片；

被你们认识的人生，

就不过这么一点一闪。

但这一点一闪，

却也光怪陆离，万化千变。


一九二一，六，二，在钱塘江舟中

# 爱

不曾见她，
爱在哪里？
刚见了她，
爱从何起？
既爱了她，
爱何曾还在我底心里？

我在，
爱在，
没她，
没爱。
爱不在我心里，
爱又何曾在我心外？

有？

无？

爱不从无生；

爱不依有住。

待烧得爱河枯，

从哪里下炬？

一九二一，六，一七，在杭州

# 秘密之夜

窥透了她底秘密了，
从偶然的微笑里：
就是她平日不曾漏泄的，
纵使千言万语；
也是我平日不曾领会的，
纵使千探万问。

这秘密原不是言语能宣露，
更不是探问能明白的；
就是微笑里的窥透，
也只是有意无意的偶然。
偶然的微笑，
我感谢这秘密之夜底破晓。

一九二一，六，二〇，在杭州

# 心里的相思

相思在你底眼底，

　　你底耳际——

不，只在你底心里。


眼底，分明是缠绵的相思字；

耳际，分明是宛转的相思调子；

但这不是相思。


说这不是，更何处有相思本体？

说这是的，又何曾表现得相思真谛？

真正的相思，却只在离见离闻的心地。


两心深处，各筑起一所相思宝殿，设起一个相思宝座：

我宝座上坐著你，你宝座上坐著我；

只默默无言地相对坐，用甚么音书唱和？

相思不曾有两，你我居然两双；
咱俩底相思，造成心里相思的他俩。
他俩咱俩，是一是两？

一九二一，七，一三，在杭州

# 自然底微笑

隐隐的曙光一线，在黑沉沉的长夜里，突然地破晓。
霎时烘成一抹锦也似的朝霞，仿佛沈睡初醒的孩
儿，展开苹果也似的双颊，对著我微笑。

黄昏的一片浅蓝天，一半被鱼鳞似的白云笼罩。冉
冉地吐出一弯钩也似的明月，仿佛含羞带怯的新
妇，只露出一些儿眼角眉梢，对著我微笑。

镜也似的平湖，映著胭脂也似的落照。忽然几拂轻
风，皱起纱也似的波纹，仿佛曲终舞罢的女郎，
把面罩笼著半娇半倦的脸儿，对著我微笑。

一九二一，七，一八，在杭州

# 无端的悲愤

镜也似的平，
　井也似的静，
这样的一颗心；
　无端横风怒扫，
　　逆浪奔腾，
涌起满腔悲愤。

　为甚？
悲也无因，
愤也无因；
赤裸裸的生平，
　不曾孤甚么私恩，
　　衔甚么隐恨。

除非花底闻歌，

　　酒边看剑，

引逗得无始来痴难断，嗔难忍。

但不惯寻花，

　　未能纵酒，

歌声剑影，何曾有这前尘？


"放眼窥天地，

　冥心数古今，"

　　　算不多的几个字曾经认；

　　　错教堕落作书生，

好容易几生修到的庸庸福分，

被"斯文"两字，抵折消除尽。


这冤情，

倒也值得悲愤，

　倘前因后果果然真。

　忏悔也无从忏悔，

只除是虚空粉碎，

大地平沈！


　　　　　　一九二一，七，一九，在杭州

# 新秋杂感

一片片，
一重重，
蓬蓬松松，
湿云满空。

几潮雨，
几潮风，
把薄薄的新凉做就，
更一分一分地加重。

雁不曾来，
燕还没去，
却添了几个惊秋独早的可怜虫。
也非促织，

也非络纬，

一味啼风泣雨，和人唧唧哝哝。

果然怕冷，

为甚不做一点儿工？

甘心做个寄生虫，

也不用号寒怨冻。

一九二一，八，一六，在杭州

# 秋 扇

一阵秋风，
收拾起多少团扇。
团扇团扇，
你为甚遭人弃捐——
不为你质不美丽，
　　色不鲜妍；
只为你娇躯弱体，
不幸满身皎洁被齐纨。

你看那些蒲葵蕉麦，
只是自甘卑贱；
就严冬，也还借重它一番努力，
煽起满炉热焰。
果然忍得苦，耐得劳，

怕甚么秋风离间？

越名贵也越是无能，

且莫把秋风怨！

一九二一，八，一九，在杭州

# 月儿又清减了

月儿，
你怎地又清减了许多了？
昨儿晚上，
不是还丰满些吗？

才挨昨夜，
又是今朝，
哪堪明日呢，——
你这样一天比一天地消瘦？

一分一分地清减了你底容光，
却一分一分地增加了我底悲哀。
悲哀是增加了，
我底心却被悲哀侵蚀垂尽了。……

一九二一，八，二七，在上海

# 哀 乐

一叶叶的西风，
拥著一剪剪巴蕉，
轻轻舞，
慢慢跳。
就这半晌缠绵，
也窥得透快乐底核心——苦恼。

一滴滴的秋虫，
咽著一星星的凉露，
低低泣，
微微诉。
就这十分凄恻，
也认得到悲哀底缘起——欢娱。

要遣中年哀乐，

一任狂歌痛哭。

不过平添感慨，

陶写怎凭丝竹？

除非肉长灵消，

却也禁得起享受这尘浊凡猥的厚福。

一九二一，八，二九，在上海

# 争　光

只剩一抹斜阳了，
山呵，
你还拦住它做甚？

晚霞很骄矜地说：
　"斜阳去了，
　有我呢！"

　"羞啊，
　一瞬的绚烂罢哩。"
月儿在东方微笑了！

群星密议道：
　"让她吧，

她也不能夜夜如此呵！"

但还有几颗不服地说：

"谁甘心让哪！"

依旧亮晶晶地和月儿争光。

一九二一，九，一七，在杭州

# 国　庆

从零零落落的几十面五色旗，
　闪闪烁烁的几百盏三色灯里，
认识中华民国十年国庆。

　"国且不国；
　庆于何有？"
我也不说这些话来败你们底兴。

常常听得说：
　"全浙江三千多万人"；
为甚么只有这几十位工人和几百位学生？

谁隔开了空间划成甚么国界？
谁截断了时间造出甚么国庆——

无非历史上一时一地壮烈的牺牲。

甚么为国为民的牺牲，
　　何如为世界为人类的牺牲，
更来得烈烈轰轰？

　　打破国囚笼，
　　扭断民镣铐，
做个世界人是何等光明？

要给全世界人类创造光明，
　　只有再仗著壮烈的牺牲，
　　别开途径。

　　历史底意义是过去的，
　　人生底意义是未来的，
从过去中求得未来的教训是甚么——革命。

　　　　　　　一九二一，一〇，一〇，在杭州

# 明知——

明知今夜月如钩，
怕倚楼头，
却立湖头。

湖心月影正沈浮，
算不抬头，
总要低头。

不如归去独登楼，
梦做因头，
恨数从头。

胸中容得几多愁，
填满心头，
挤上眉头。

一九二一，一一，二，在杭州

# 地　图

"小弟弟，
我送你一幅地图。"
"为甚么花花绿绿？
谁在这上头乱涂？"
"不是乱涂，
这是标明各国底领土。"
"甚么领土，
还不是大家有分大家住？
换一下吧，
难道没有干干净净的一幅？"
"现在没有，
将来或许……"。
"几时才没有颜色了？
我不爱瞧这些花花绿绿！"

一九二一，一二，六，在杭州

刘大白

诗歌精品

【第三辑】

# 春底消息

梅花告诉我：

　"春光准备了——

　来。

　她已经启程了，

　我是衔著先传消息的使命的。"


但是夜来西北风狂似虎，

吹得雨珠儿都冻成了霰子，

烈烈猎猎地催著雪花下降，

挡著春光底驾呢。

她底行期，

也许暂缓吧！


梅花说：

"挡不住的,

她是不怕冷的哪!

不信呵,

我怎地在严寒中放了呢?"

　　　　　　一九二二,一,三一,在萧山

# 一 闪

要认取斜阳最后的生命，
在鸦头燕尾间的一闪；
要认取朝露最后的生命，
在花梢叶杪间的一闪！

人生也不过这么一闪吗——
斜阳朝露，
还有明朝，
人生底明朝呢？

一九二二，三，一七，在白马湖

# 桃花儿瓣

亏煞东风作主，
春泥也分得桃花几瓣，
春水也分得桃花几瓣。

怎禁得流落江湖，
浪翻潮卷？
春水无情，
忒送得桃花远！

看春泥手段，
把桃花烂了，
护住桃根，
等明年重烂漫！

替桃花埋怨东风，

何苦让春水平分一半！

就一齐化作春泥，

薄命也还情愿！

一九二二，三，二七，在白马湖

# 别　后

日也太短，
人也太远；
不够相思，
何妨一日十三时？

月也太迟；
心也太痴；
团圆误算，
错把下弦当月满！

一九二二，四，一九，在杭州

# 别（一）

月团圆，
人邂逅：
月似当年，
人似当年否？
往事心头潮八九，
怕到三更，
早到三更后。

梦刚成，
醒却陡：
昨夜惺忪；
今夜惺忪又。
病里春归人别久，
不为相思，
也为相思瘦。

一九二二，五，五，在杭州

# 别（二）

寄相思，
凭一纸：
只要平安——
只要平安字。
隔日约她通一次，
信到何曾——
信到何曾是！

订归期，
还在耳：
也许初三——
也许初三四。
未必魂归无个事，
是梦何妨——
是梦何妨试！

一九二二，六，三，在白马湖

# 想　望

默默地想，

我只是默默地想。

想些甚么——

我不曾在心上记账。

我明知想也无益，

但不想又将怎样？

怎样，怎样，

默默地想，

我只是默默地想。


巴巴地望，

我只是巴巴地望，

望些甚么——

我不曾在眼上照相。

我明知望也无益，

但不望又将怎样？

怎样，怎样，

巴巴地望，

我只是巴巴地望。


想也不是妄，

望也不是枉。

只有默默地想，

　　巴巴地望，

才作成人生底向上。


一九二二，五，二三，在萧山

# 西湖秋泛（一）

苏堤横亘白堤纵；
横一长虹，
纵一长虹。

跨虹桥畔月朦胧；
桥样如弓，
月样如弓。

青山双影落桥东：
南有高峰，
北有高峰。

双峰秋色去来中；
去也西风，
来也西风。

一九二二，八，一六，在杭州

# 西湖秋泛（二）

厚墩墩的软玻璃里，
倒映著碧澄澄的一片晴空：
一迭迭的浮云，
一羽羽的飞鸟，
一弯弯的远山，
都在晴空倒映中。

湖岸的，
叶叶垂杨叶叶枫；
湖面的，
叶叶扁舟叶叶篷：
掩映著一叶叶的斜阳，
摇曳著一叶叶的西风。

一九二二，八，一六，在杭州

# 春　意

一只没篷的小船，
被暖融融的春水浮著：
一个短衣赤足的男子，
船梢上划著；
一个乱头粗服的妇人，
船肚里桨著；
一个红衫绿裤的小孩，
被她底左手挽著。

他们一前一后地划著桨著，
　　嘈嘈杂杂地谈著，
　　嘻嘻哈哈地笑著；
小孩左回右顾地看著，
　　痴痴憨憨地听著，

咿咿哑哑地唱著；

一只没篷的小船，

从一划一桨一谈一笑一唱中进行著。


这一船里，

充满了爱，

充满了生趣；

不但这一船里，

他们底爱，

他们底生趣，

更充满了船外的天空水底：

这就是花柳也不如的春意！


一九二三，三，二九，在萧山舟中

# 邮　吻

我不是不能用指头儿撕，
我不是不能用剪刀儿剖，
只是缓缓地
　　轻轻地
很仔细地挑开了紫色的信唇；
我知道这信唇里面，
藏著她秘密的一吻。

从她底很郑重的折叠里，
我把那粉红色的信笺，
很郑重地展开了。
我把她很郑重地写的，
一字字一行行，
一行行一字字地，

很郑重地读了。


我不是爱那一角模糊的邮印，

我不是爱那满幅精致的花纹，

只是缓缓地

　　轻松地

很仔细地揭起那绿色的邮花；

我知道这邮花背后，

藏著她秘密的一吻。


一九二三，五，二，在绍兴

# 我　愿

我愿把我金刚石也似的心儿，
琢成一百单八粒念珠，
用柔韧得精金也似的情丝串著，
挂在你雪白的颈上，
垂到你火热的胸前，
我知道你将用你底右手掐著。

当你一心念我的时候，
念一声"我爱"，
掐一粒念珠；
缠绵不绝地念著，
循环不断地掐著，
我知道你将往生于我心里的净土。

一九二三，五，二三，在绍兴

# 秋晚的江上

归巢的鸟儿，

尽管是倦了，

还驮著斜阳回去。

双翅一翻，

把斜阳掉在江上；

头白的芦苇，

也妆成一瞬的红颜了。

一九二三，一〇，三〇，在绍兴

# 卖花女

## 一

春寒料峭，
女郎窈窕，
一声叫破春城晓：

"花儿真好，
价儿真巧，
春光贱卖凭人要！"

东家嫌少，
西家嫌小，

楼头娇骂嫌迟了！

春风潦草，
花心懊恼，
明朝又叹飘零早！

## 二

江南春早，
江南花好，
卖花声里春眠觉：

杏花红了，
梨花白了，
街头巷底声声叫。

浓妆也要，
淡妆也要，
金钱买得春多少。

买花人笑，
卖花人恼，
红颜一例和春老！

一九二四，三，二八，在江湾

# 湖滨晚眺

林峦隐约平湖暮，
微波吐露东风语：
　"明日是清明，
　青山分外青。"

天边星可数，
水底星无数；
回首望春城，
绕城千万灯。

一九二六，四，四，在杭州

# 花　间

醉向落花堆里卧：
东风怜我，
更纷纷乱红吹堕，
碎玉零香作被窝。

爱花不过，
梦也花间做，
醒来不敢把眼摩挲，
正一双蝴蝶眉心坐。

一九二二，四，一〇，在白马湖

# 斜　阳

云———一迭迭的，
打算遮住斜阳；
然而漏了。

教雨来洗吧，
一丝丝的；
然而水底也有斜阳。

黄昏冷冷地说：
　"理它呢，
　斜阳罢了！"

不一会儿，
斜阳倦了，
———冉冉地去了。

一九二二，八，一七，在杭州

# 归　梦

枕头儿不解孤眠苦，
蓦逗起别离情绪；
相思何处诉，
向梦里别寻归路。

虽则软魂如絮，
复水重山拦不住；
和风和雨，
飞过钱塘去。

一九二二，八，二二，在杭州

# 秋之别

秋风也不回头，

秋水也不回头，

只爱送将人去海西头。

前夜也月如钩，

昨夜也月如钩，

今夜偏偏无月上帘钩。

人去也倦登楼，

月黑也倦登楼，

却怕归魂飞梦堕层楼。

一九二二，九，二〇，在萧山

# 土馒头

"城外多少土馒头，
城中都是馒头馅。"
馒头呵，
土越贵，馅越贱了！

充不得饥的土馒头，
一天天一年年地增添，
快占尽了小小蒸笼里的土片，
将来拿甚么养活那馒头馅？

一九二二，九，二四，在萧山

# 月下的相思

写真镜也似的明月，
把咱俩底相思之影，
一齐摄去了。

从我底独坐无眠里，
明月带著她底相思，
投入我底怀抱了。
相思说：

　　"她也正在独坐无眠呢！"

只是独坐无眠，
倒也罢了；
叵耐明月带著我底相思，
又投入她底怀抱！

为甚使我也独坐无眠，

　　她也独坐无眠？

搬运相思的明月呵！

答谢你的，

该是讴歌呢，

还是咒诅？

　　　　　　一九二二，一一，三，在白马湖

# 雪

耀花人眼睛的：
银子也似的白，
米粉也似的白，
棉花也似的白。

如果这些真是银子，
穷的都要抢著使了——
啊，轮不到穷的，
金钱富有的早抢著盘到库里去了。

如果这些真是米粉，
饿的都要抢著吃了——
啊，轮不到饿的，
酒肉醉饱的早抢著囤到仓里去了。

如果这些真是棉花，

冻的都要抢著穿了——

啊，轮不到冻的，

狐裘辉煌的早抢著堆到栈里去了。


盘在库里的，

囤在仓里的，

堆在栈里的，

怎不雪也似的遍地铺著呢？


一九二二，一二，六，在萧山

# 时代错误

至少吧，——时代错误吧，
这是个百年以后的人。
一个白年以后的人，
回到百年前的今日，
伴著些墟墓间的行尸走肉，
怎得不寂寞而烦闷呵！

一九二二，一二，一二，在杭州

# 醉 后

醒也不寻常，
醉更清狂，
记从梦里学荒唐；
除却悲歌当哭外，
哪有文章？

都要泪担当，
泪太勿忙。
腹中何止九回肠？
多少生平恩怨事，
仔细评量。

一九二三，二，六，在萧山翔凤

# 送斜阳

又把斜阳送一回，
花前双泪为谁垂——
旧时心事未成灰。

几点早星明到眼；
一痕新月细于眉：
黄昏值得且徘徊！

一九二三，三，一九，在绍兴

# 花前的一笑

没来由呵，
忽地花前一笑。
是为的春来早？
是为的花开好？
是为的旧时花下相逢，
重记起青春年少——
都不是呵，
只是没来由地一笑。

为甚不迟不早，
恰恰花前一笑——
灵光互照，
花也应相报。
悄悄，

没个人知道。

到底甚来由？

问花也不曾了了。

一九二三，三，二〇，在绍兴

# 春　半

春来花满；
花飞春半：
花满花飞，
忙得东风倦。

开也非恩，
谢也何曾怨？
冷落温存，
花不东风管。

一九二三，三，二一，在绍兴

# 春　寒

春寒如此，

憔悴的我，

荏弱的花，

一齐知道——

也许春却不曾知道。


为甚春寒如此！

懵懂的我，

伶俐的花，

一样不曾知道——

也许只有春知道。


仿佛嫌春太早，

仿佛嫌春易老；